LE PAQUET

Philippe Claudel est né en 1962 en Lorraine où il habite toujours. Romancier, ses principaux ouvrages comme *Les Âmes grises*, *La Petite Fille de monsieur Linh* ou *Le Rapport de Brodeck*, sont traduits dans de très nombreuses langues. On lui doit aussi, comme cinéaste, deux films : *Il y a longtemps que je t'aime* (2008) et *Tous les soleils* (2011).

Paru dans Le Livre de Poche :

Les Âmes grises

Le Bruit des trousseaux

Le Café de l'Excelsior

Il y a longtemps que je t'aime

Le Monde sans les enfants *et autres histoires*

La Petite Fille de Monsieur Linh

Le Rapport de Brodeck

Trois petites histoires de jouets

Personnage

HOMME

La pièce a été créée en janvier 2010 au Petit Théâtre de Paris, dans une mise en scène de l'auteur. Le personnage de l'homme était interprété par Gérard Jugnot.

Sur la scène, un banc public et à quelques mètres de lui une poubelle de ville. Un homme entre. La cinquantaine, pauvrement vêtu. Ses vêtements, quoique propres, semblent aussi fatigués que lui. Il a une barbe de trois jours. Il inspecte le lieu, regarde vivement à droite, à gauche, devant lui, face au public, il semble avoir une très légère réaction de satisfaction. Il tourne les talons et sort précipitamment par le fond. Quelques secondes se passent et on le voit revenir. Il traîne derrière lui un paquet, énorme, grand comme un corps, qui semble aussi lourd qu'un corps et qui en a vaguement la forme, épaules, tronc, jambes. L'emballage du paquet est constitué d'un tapis élimé ficelé avec des liens grossiers. L'homme a beaucoup de peine à le tirer. Il est très essoufflé. Il avise le banc. Il se dirige vers le banc en tirant son paquet. Il essaie de le hisser sur le banc. Il n'y parvient pas. Il le pose contre, au prix d'un effort important. Il s'assied. Reprend son souffle, s'éponge le front avec un grand et vieux mouchoir froissé. Vérifie les liens du paquet. Sourit.

Ouf…

Il semble prendre conscience de la présence du public. Il sourit de nouveau. Regarde son paquet. Regarde le public. Sourit encore. Baisse les yeux.

Je ne suis pas seul. Ne croyez pas ça.

Non, non… J'ai beaucoup d'amis. Beaucoup !

C'est important les amis. Je sais que moi, je ne pourrais pas m'en passer. Ce n'est pas nouveau, déjà tout petit, j'étais entouré d'amis.

J'attire les amis.

Je me fais des amis partout...

Il devient rêveur. Cela dure trois, quatre secondes. Puis il reprend, vivement.

Dans la cour de l'école, lorsque j'étais enfant, vous allez penser que j'exagère, mais tout le monde venait vers moi. Il suffisait que je m'asseye quelque part, sur un banc, et hop, deux minutes après, tout le monde voulait jouer avec moi. Les maîtres n'en revenaient pas. Je n'avais pas une seule minute pour être tranquille, pour apprécier la solitude.

C'était parfois un peu lassant...

J'avais beau changer d'école, on me changeait souvent d'école, parce que...

Il marque une pause, semble avoir perdu sa phrase.

C'est comme ça. Jamais seul. Jamais. Toujours entouré. Depuis tout petit. Ça n'a jamais cessé.

Il s'éponge le front, sourit, devient grave. Un temps. Soudain il se lève brusquement, se met au garde-à-vous et hurle :

« Comment faites-vous, caporal, pour être ainsi aimé de toute la chambrée ?

— Je ne sais pas mon lieutenant.

— C'est incroyable ! Je n'ai jamais vu cela !

— Moi je suis habitué mon lieutenant, tout petit déjà !!

— Les autres vous adorent, ce sont tous vos amis !

— Je sais mon lieutenant !

— Jamais on ne vous a fait la moindre brimade, même les plus cons vous respectent, aucune bite au cirage, aucune couille tartinée de pâte à dentifrice, aucune humiliation, rien de ces mesquines tortures qu'on réserve d'ordinaire aux bizus, aux gros ou aux faiblards ! rien !

— Oui mon lieutenant. »

Il arrête subitement de crier, se rassied, souffle, se tait.

De Bagnolet, il s'appelait ce lieutenant. D'ailleurs, entre nous on le surnommait « La Porte ».

Il rit de bon cœur.

Ahh... J'ai bien aimé le service militaire ! J'ai vraiment bien aimé. Oui, beau moment... d'une intensité, d'une force ! Oh là là là là ! Et puis toutes ces manœuvres, ces parades au printemps dans des villes pavoisées, devant des femmes en pamoison, ce parfum d'hommes dans la chambrée, l'absolue perfection des lits au carré, la propreté constamment javellisée des toilettes et des douches, les soirées arrosées de bonnes bières en canette durant lesquelles nos voix mêlées lançaient vers les cieux des chants patriotiques, l'absence de souci, la confiance mise dans nos chefs, dans leur extraordinaire intelligence, c'était merveilleux !

Mais un jour tout s'arrête. Tout s'effondre…

Il marque un temps. Semble faire un intense effort de réflexion.

Le monde est complexe, comme les gens qui le hantent.

Cette pensée je vous la donne ! Gratuit ! Sans engagement de votre part. Aucune obligation d'achat. Nos hôtesses sont à votre disposition si vous le souhaitez pour étudier avec vous une formule de crédit adaptée à vos besoins.

Société spécialisée dans les solutions d'appoint au financement des ménages, nous sommes fiers de nos vingt ans d'expérience et nous ne demandons qu'une chose, vous satisfaire. Notre ligne directe est un numéro vert, le 08 12 81 38 15, et nous saurons vous écouter. Votre voiture est bonne à être remplacée ? Un désir de vacances ? Un coup de pouce pour les études de vos enfants ?...

Il semble sortir de son rêve. Son regard, d'abord perdu, va vers le paquet. Il s'y accroche, reprend prise. Il remarque soudain quelque chose sur son paquet : une poussière ? Une saleté ? Il s'escrime avec sa main à la chasser, prend du temps pour faire cela. Il y réussit enfin.

Mais un an, ça passe vite, ça passe vite ! C'est trop rapide ! On tisse des liens, l'uniforme devient une seconde peau... Moi, j'aurais bien fait, je ne sais pas, deux ans, trois ans de service militaire, peut-être toute une vie de service militaire, oui, une vie entière de service militaire, surtout avec le traitement de pacha que j'avais, les corvées les moins fatigantes, les bardas les plus légers, la meilleure place pour dormir, l'assiette la plus pleine, deux cartouches de cigarettes au lieu d'une, des permissions à n'en plus finir, j'en avais même assez des permissions. Des permissions pour quoi faire ? Hein ? Pour quoi faire ?

Un temps.

Même la plus belle des permissions ne peut offrir que ce qu'elle a…

Il semble observer la réaction du public.

Vous avez remarqué ? Toute cette poésie que je développe. J'aurais pu être un grand auteur de romans, mais j'ai choisi d'être plus utile à mon temps. L'artiste développe une forme d'égoïsme qui le fait se retirer du monde, alors que moi, ma passion ce sont les autres. Il est normal que je rende un peu ce qu'ils me donnent. Monsieur Pêchu me le disait souvent, c'était l'instituteur de mes dix ans : « Je sens le poète en vous. Il suffirait d'un rien pour que vous deveniez le nouveau Rimbaud. »

J'ai préféré la mécanique auto.

Il se perd un peu dans ses pensées. Il sourit. Redevient grave. Puis se met à souffler très fort, de façon saccadée, comme un sportif en plein effort. Puis il se jette à terre et fait des pompes tout en parlant.

« Brigitte Bardot est une salope mais j'suis trop con pour la baiser ! »

« Brigitte Bardot est une salope mais j'suis trop con pour la baiser ! »

« Brigitte Bardot est une salope mais j'suis trop con pour la baiser ! »

Il arrête de faire des pompes, reste au sol, s'appuie sur un coude.

C'était l'adjudant Brouchiette, un petit Corrézien mélancolique, avec un œil qui disait merde à l'autre, qui avait trouvé cette phrase : c'est très curieux le cerveau d'un adjudant. Quand il punissait quelqu'un, il fallait faire trente pompes et répéter la phrase trente fois. « Brigitte Bardot est une salope mais j'suis trop con pour la baiser ! »

Jamais je n'ai eu à le dire. Jamais puni. Même par l'adjudant Brouchiette qui était pourtant une vraie peau de vache.

Tous aux petits soins avec moi... même lui.

Pourquoi ? Pourquoi donc tous avaient-ils ce comportement amical à mon égard ? Je me suis longuement interrogé. Oui, on s'interroge, et *on interroge*. À l'époque, je croyais encore en Dieu. Enfin, un peu quoi, comme tout le monde. Et le soir souvent, dans mon lit, tandis que tous les amis de la chambrée ronflaient ou se livraient à des activités manuelles, j'essayais de lui demander à Dieu ce que j'avais fait pour mériter ce traitement, pourquoi moi, et pas un autre, et pourquoi moi constamment, ça ne pouvait pas changer de personne de temps à autre ?

Jamais eu de réponse.

J'en ai fait des prières pourtant. Mais la ligne devait être occupée. Ou elle était en dérangement. En dérangement. Dieu était en dérangement.

Il rit un peu, bêtement, s'arrête. Se relève, empoigne son paquet.

Ils l'ont supprimé.

Je veux parler du service militaire. Ils l'ont supprimé maintenant. Pourquoi supprime-t-on toujours les jolies choses ? J'ai renoncé à comprendre. Sinon on ne vit plus, on s'embarrasse de questions, on les traîne comme des poids morts, ça pèse des tonnes, ça encombre, on ne sait plus quoi en faire. C'est lourd. Très lourd. Très très lourd ! Toutes ces questions qu'on accumule dans une vie !

Vous allez me prendre pour un philosophe ?

Il glousse.

Ma femme aussi me traitait de philosophe.

Il regarde le paquet avec insistance, le tapote affectueusement.

Elle n'est plus de ce monde.

Il s'interrompt.

Vous voulez que je vous parle de ma

femme ? Je ne sais pas si elle aurait vraiment apprécié que je parle d'elle à des inconnus, mais après tout, elle n'est plus là pour donner son avis. Quant à moi, je suis là, j'attends tous mes amis, et d'ici quelques minutes, vous ne voudrez plus vous séparer de moi, vous me suivrez partout, sans vous poser de questions. Un peu comme, vous savez, le joueur de flûte de la légende. Vous allez me suivre comme les habitants de la ville ont suivi le joueur de flûte. Mais rassurez-vous, je ne noierai personne. Je ne suis pas un assassin.

Il tapote le paquet.

Un assassin !

Il glousse. Son rire augmente, enfle, devient énorme. C'est un rire qui déborde de toute part. Cela dure. C'est outré. Il cesse subitement.

Elle était belle ma femme, je vous assure. Très belle. Grande, brune, une allure d'actrice de cinéma, de chanteuse lyrique ou encore de technicienne de surface, il y en a de sublimes ! Une classe naturelle ! Je n'ai absolument rien fait pour la séduire, j'étais absorbé par ma situation, mon travail me passionnait, la mécanique auto mène à tout vous savez, on ne croirait pas, mais j'étais devenu une sorte de garagiste cosmopolite, un grand réparateur transfrontalier, j'allais aux quatre coins du monde, les avions, les palaces, les buildings, les room services, les décalages horaires, les piscines chauffées, l'été en plein hiver, l'hiver en plein mois d'août, les réceptions, les lunchs, les brunchs, les cocktails, les unes des magazines people, les mannequins à mes pieds, le golf, le polo, les yachts, toutes ces langues étrangères qui pour moi n'avaient rien d'étrange, j'en maîtrise une douzaine, les toasts au caviar, le ski à Gstaad, le

Dow Jones, le Cac 40, l'indice Nikkei, CNN, Internet, le protocole de Kyoto, l'encéphalopathie spongiforme bovine (*Il parle de plus en plus vite, son regard s'affole, il paraît ne plus maîtriser ce qu'il dit, comme s'il était entraîné par les mots.*), la grippe aviaire, Eurotunnel, la couche d'ozone, la bande de Gaza, Ben Laden, les pluies acides, la guerre en Irak, les talibans, le réchauffement climatique, la mort de Jean-Paul II, la réélection de Poutine, le tsunami, la crise des subprimes, le baril de brent à deux cents dollars, les stock-options, Madoff, la baguette à deux euros, le 11 Septembre, le 11 septembre savez-vous, j'étais au pied des tours lorsqu'elles se sont effondrées, juste au pied, j'ai tout vu en direct, tout, et je n'ai pas eu une seule égratignure, juste un peu de poussière sur mon costume, c'est tout. Enfin, vous avez compris ma vie, une vie d'homme d'affaires international, pas la peine de vous faire un dessin !

Ces vies-là existent aussi en dehors des magazines. J'en suis la preuve vivante. Je le jure, votre honneur.

Il reprend son souffle. Regarde le public, regarde ses vêtements, regarde de nouveau le public. Il tire un peu sur son pull.

Eh bien, un jour, tandis que j'étais en transit en France, un peu jet-lagué je dois l'avouer, et que je faisais mon tiercé chez Jeannot, le bar-tabac qui est au numéro 23 de la rue des Deux-Gares à Saint-Ouen, elle est entrée, et elle m'a vu. Ce fut comme une apparition. Moi aussi je l'avais vue. J'avais beau me concentrer pour composter mon ticket, hésitant encore entre Alix du Barry et Arsinoé qui cotait dix-sept contre un, j'avais immédiatement noté sa présence. Elle s'est approchée de moi. J'ai senti son parfum, musc et citron, légère fragrance boisée, notes de chèvrefeuille, sa chevelure m'a frôlé le visage et elle a dit, « Mille excuses, je voudrais valider ». Ce furent ses premiers mots. Et moi je lui ai répondu, très chevaleresque, comme à mon habitude, « Validez Madame, validez je vous prie », tout en ne résistant pas au désir de baiser son épaule qui était dénudée.

C'était très joli, lorsqu'on y songe : « Va-li-dez Ma-da-me, va-li-dez je vous prie. » On dirait du Racine, non ? Un pur alexandrin, notez bien, et qui m'est venu spontanément. Ah si Monsieur Pêchu avait été là…

Il prend une sorte de pose.

« Validez Madame, validez je vous prie… »

Il frissonne.

Et ce baiser… Elle ne s'en est d'ailleurs pas offusquée ! Peut-être ne l'a-t-elle pas senti. Comme un baiser de roman.

Jeannot a validé sa grille de loto.

Vous remarquez ? Encore un alexandrin !

Jea-nnot-a-va-li-dé-sa-gri-lle-de-lo-to.

Décidément ! Vous allez me dire que je fais exprès, mais non, je vous assure, cela me vient tout seul. Tout seul.

C'est curieux l'amour tout de même. Comment l'amour commence. Comment il naît. Et dans quelles circonstances. Et ce qui fait que deux êtres se rencontrent, alors que nous sommes des milliards, et que la probabilité pour se rencontrer, et se trouver, est infime. Qu'elle tient du miracle !

Six mois plus tard nous étions mariés. Nous avons quitté la mairie dans une Simca 1100 de couleur bleu pétrole, enrubannée de tulle blanc et conduite par Maurice Boulart, un collègue syndicaliste de l'atelier peinture, qui s'est tué cinq ans plus tard sur la route, mais pas avec cette voiture, avec une Renault 8. Puis nous avons fait le repas chez Jeannot. Tomates vinaigrette, œufs mimosa, gigot flageolets, profiteroles.

J'en pleurerais aujourd'hui.

Il devient hagard, absolument désemparé.

Nous ne sommes rien.

Nous ne sommes que des égarés.

Des suppliants.

Nous bougeons les bras, nous regardons le ciel.

Nous balbutions.

Nous implorons, mais en vain. En vain.

C'est terrible de savoir, et de se souvenir.

Terrible.

Pourquoi cette épouvantable faculté ?

Nous sommes là, encombrés de notre mémoire, riche et poreuse à la fois, meurtrie, souffrante, mais parsemée de fleurs, et puis pffffft, l'instant d'après, nous devenons des Maurice Boulart dans une R8 destructurée, moteur qui fume, vitre brisée, Carglass répare, Carglass remplace. Fermez le bouton. Baissez le store. Faites tomber le hachoir sur l'oignon et coupez-le finement avant de le précipiter dans la poêle. Laissez blondir dans le beurre avant d'ajouter le bouillon. Séparez les blancs des jaunes, faites revenir... faites revenir...

Comme un furieux, il sort de la poche de sa veste une grosse bouteille en verre, pleine d'un liquide vert, et boit une longue gorgée, comme si sa survie en dépendait.

Je me souviens parfaitement de Maurice Boulart dans sa R8. 27 août 1980. Dix-sept heures trente-deux d'après le rapport de gendarmerie. Une journée grise et mate. Étouffante. Avait-on idée de conduire encore une R8 à cette époque, alors que de somptueuses R5, beaucoup plus sûres, sortaient chaque jour des chaînes de montage pour être ensuite proposées à la vente chez d'accueillants concessionnaires ? Sa R8, qui plus est achetée d'occasion, dramatiquement enroulée autour d'un hêtre pourpre centenaire sur la départementale 311 entre Bezons et Houilles. C'est moi qui suis allé reconnaître le corps. Sa femme ne pouvait pas. Elle était en pleine réunion Tupperware.

Enfin, je dis le corps, c'est un bien grand mot. Les membres plutôt, et encore des membres… (*Il a soudain une expression grimaçante et mime le broyage avec ses mains.*) et curieusement, le visage absolument intact, et les yeux grands ouverts, qui me fixaient, comme si c'était moi le responsable de sa mort, moi qui n'ai jamais, je dis bien, jamais, piloté une R8 !

C'est un peu fort tout de même, quand on y songe, un mort qui vous accuse, c'est même absolument déloyal, digne d'un mauvais joueur, d'un perdant rancunier, car avec un mort, on ne peut pas se défendre. C'est toujours lui qui gagne. Je l'aimais bien de son vivant, moi, Boulart, mais à partir du jour de sa mort, avec ce regard, ce regard qu'il a porté sur moi à la morgue de la gendarmerie, alors que j'étais venu pour rendre service à sa femme, abandonnant la mienne en plein milieu de notre passionnante partie hebdomadaire de scrabble, je lui en ai beaucoup voulu à Boulart ! Boulart : salopard !! Il y a des choses qui se font, et il y en a d'autres qui ne se font pas. C'est inacceptable. Un mort se doit d'être discret, c'est déjà très embarrassant comme cela, pour nous autres les vivants, d'avoir affaire aux morts, mais si en plus les morts se mettent à nous chier dans les bottes en nous regardant droit dans les yeux, alors moi je dis, non ! Non !

Il balance un énorme coup de pied dans son paquet.

Non ! NON ! NON ! NON ! NON !!!!

Nouveau coup de pied, encore plus rageur que le premier. Puis un troisième, un quatrième. Il s'acharne avec une violence incroyable sur son paquet. Une fureur extrême. Cela dure longtemps, puis il finit par s'arrêter, et reste stupéfait, essoufflé. Il se calme.

C'est important les usages. C'est comme les règles, les lois. Sinon tout fout le camp, plus la peine de continuer !

Les règles, c'est le ciment. Le mortier. Les règles. Les règles, nom de Dieu ! Une porte doit toujours être ouverte ou fermée, les ceintures de sécurité bouclées, les tablettes relevées, il est interdit de marcher en dehors des clous et de fumer dans les toilettes sous peine de poursuite, de griller un feu rouge, d'utiliser la photocopieuse à des fins personnelles, de parler au chauffeur, de traverser les voies, de cracher, de fumer dans l'enceinte de l'aérogare, de rendre visite aux malades après vingt heures. Les règles !! Les règles !!!

Il s'éponge.

Nous manquons d'arbitres. Il en faudrait partout, partout, et pas seulement dans l'enceinte des stades. Je rêve d'un monde inondé d'arbitres. Des millions d'hommes en noir dans nos rues, sur nos places, dans nos immeubles, nos villes, nos campagnes, avec de superbes shorts satinés, des maillots moulants et un très gros sifflet, un gigantesque sifflet, et puis plein de cartons, une profusion de cartons dans leurs poches, des jaunes, des rouges.

Il s'arrête un bref instant, s'affale sur le banc.

Surtout des rouges.

Il se dresse brusquement et entreprend une manœuvre compliquée avec son paquet, qu'il tente une nouvelle fois de hisser sur le banc, mais en le contournant. Il n'y parvient toujours pas. Il renonce. Il souffle, puis immédiatement, redevenant très joyeux, reprend.

Je vous sens réticents. Dubitatifs... Comment ? Cet homme qui tutoie des présidents passe sa vie de VIP en first class dans les Boeing 707, 727, 747, 777, les Airbus A310, A320, A330, A380, les Tupolev, les caravelles, les Mac Douglas, les montgolfières, les dirigeables, les parapentes, cet homme qui hante les coulisses des Bourses de tous les continents, fraternise avec les géants de ce monde, connaît des dizaines de stars de cinéma, cet homme fait son repas de noces dans un vulgaire bar de Saint-Ouen ? Qui plus est un PMU ?

Eh bien, oui. Oui ! Je suis resté simple. Je sais d'où je viens. J'ai des goûts modestes. Je n'ai pas besoin de grand-chose pour être heureux. Je me contente de très peu. Regardez mon poignet : aucune montre de luxe !

Quelle leçon n'est-ce pas ? J'ai beau ne plus savoir le montant exact de ma fortune car elle dépasse l'entendement humain, être sans cesse aux quatre coins de la planète, j'habite toujours à Saint-Ouen, un pavillon F4 de 76 m^2 que nous avons acheté à crédit en 1978 et que j'ai fini de payer il y a deux ans. Ah un grand moment la fin du crédit ! Nous avons arrosé cela avec ma femme. Nous avions même invité nos voisins, les Merdureau. Robert et Monique. Nous avons été les premiers à bâtir dans le nouveau lotissement, et ensuite, pfffffffffft ! Tout a poussé autour de nous, comme des champignons !

C'est ce que j'essayais de vous faire comprendre tout à l'heure : j'arrive dans un endroit, et aussitôt, je suis entouré, les gens veulent me voir, parler avec moi, dans le métro c'est pareil. Il me suffit d'entrer dans une rame absolument vide, pour qu'elle se remplisse. C'est incroyable. Une véritable réaction chimique. Je dois être bourré à craquer de phéromones. Je ne vois pas d'autre explication. Même chose au cinéma. J'aime être un peu en avance pour constater le phénomène. Je prends mon ticket, tranquillement, j'entre dans la salle qui est encore déserte, je choisis ma place, et je vous jure qu'une demi-heure plus tard, il n'y a plus un seul siège de libre !

Il fait une pause et inspecte le public.

J'ai bien vu, par exemple, que vous

tous, vous êtes entrés parce que vous m'avez aperçu.

Il inspecte de nouveau le public.

Vous êtes assez différents les uns des autres. C'est la raison pour laquelle j'ai choisi d'opter pour une langue moyenne, ni vulgaire, ni élitiste afin de me faire comprendre du plus grand nombre, même si je vois bien que, parmi vous, il y a de parfaits cornichons, des crétins complets, mais aussi des professeurs d'université, un menuisier d'une intelligence supérieure, une femme de ménage détentrice d'une thèse de psychologie animale, je vois aussi quantité de médecins – d'accord, il y a aussi de beaux idiots parmi les médecins, car c'est bien connu : manier le stéthoscope demande une bonne oreille, pas forcément un gros cerveau – et j'aperçois même deux ou trois ingénieurs. Ça c'est intéressant les ingénieurs. Ce sont des gens qui m'ont toujours fasciné. Comment dire ? Ils... s'ingénient. Ils passent leur temps à s'ingénier. Ce n'est pas à la portée de tout le monde. Chapeau aux ingénieurs !

Il semble soudain ne plus savoir pourquoi il a développé cette idée.

Enfin, bref, on ne va pas y passer Noël, j'ai d'autres choses à faire, le destin de 12 349 employés dépend de moi – oui c'est à peu près le nombre de personnes qui travaillent dans mes différentes sociétés, holdings, consortiums, groupes, usines, entreprises off-shore, multinationales, banques, compagnies d'assurances, épiceries arabes ouvertes même le soir de Noël et Dieu sait que cela dépanne, manufactures du tiers-monde, ateliers clandestins d'Inde, du Pakistan ou du Laos, où je fais coudre à des enfants de six ans sous-payés, pendant dix heures par jour et sept jours par semaine, de jolis ballons de cuir ! Bref, je sais m'adapter. J'ai cette qualité. Me mettre à la portée des autres. Ne me remerciez pas, je le fais sans effort. J'ai toujours été ainsi. Je vous sais gré du temps que vous m'avez accordé et, en restant à votre entière disposition, je vous prie d'accepter, Mesdames, Messieurs, mes salutations les plus distinguées.

Il constate qu'une des ficelles qui tient le paquet est un peu distendue. Il s'affaire à resserrer le tout. Il s'éponge. Un temps. Il balance la tête d'avant en arrière quelques secondes. Il stoppe net. Regarde de nouveau le public.

Les profiteroles étaient des surgelées, mais on aurait juré des fraîches. C'est incroyable ce qu'aujourd'hui on parvient à faire dans le domaine de l'alimentation. C'est tout simplement stupéfiant. Si nos ancêtres du paléolithique avaient pu se douter de cela lorsque, grelottant, ils rongeaient leurs côtes de mammouth à demi crues, dans le fond d'une caverne obscure et humide, scrofuleux sous leurs peaux de bête mal tannées, s'apprêtant à mourir à moins de trente ans ! Les malheureux, s'ils revenaient aujourd'hui, ils n'en croiraient pas leurs yeux. Les progrès de l'humanité dépassent l'humanité.

Je répète parce que c'est un peu difficile à comprendre, et je sens bien que certains ont été inattentifs :

« Les progrès de l'humanité dépassent l'humanité. »

Vertigineux, non ?

C'est de moi.

Il se lève, s'étire, fait quelques mouvements d'assouplissement.

Ma femme aimait beaucoup les supermarchés. Nous y allions environ tous les samedis. Je pense que c'est l'ambiance qui lui plaisait, les lumières, les belles musiques diffusées dans des haut-parleurs d'une remarquable qualité stéréophonique, les sourires des hôtesses de caisses, la prestance des vigiles, souvent de superbes Africains à la peau d'ébène et aux dents d'ivoire, sanglés dans d'élégants costumes croisés en viscose, et qui portaient, par nostalgie sans doute, des cravates ornées de palmiers et de régimes de bananes.

Il reprend son souffle. Devient rêveur. Il se précipite sur son paquet, comme pour le consoler, pour le dorloter. Il reste à terre près de lui, la main caressante.

Comme nous étions heureux les samedis ! Évidemment, pas la peine de vous dire que le supermarché grouillait d'une foule nombreuse dès que nous y pénétrions ! Parfois on ne pouvait même plus avancer. J'avais beau tenter de me cacher dans des allées plus tranquilles et moins ouvertement fréquentées, comme celle des détergents ou des papiers hygiéniques, double épaisseur, composés de fibres soigneusement sélectionnées, agrémentés de micro-gouttelettes de crème, exempts de produits toxiques, respectueux d'une écologie maîtrisée, une foule enthousiaste m'entraînait vers les téléviseurs, les ordinateurs, les DVD, les téléphones cellulaires, les GPS, les jeux vidéo, les fruits et légumes. Ma femme me laissait le soin de pousser le caddie. Après tout, c'était bien normal, elle n'a jamais voulu conduire.

Il s'interrompt, regarde le paquet, très ému. Il reprend avec une voix attendrie.

Le caddie ! J'ai toujours été admiratif de cette invention d'une grande finesse technologique. Et ce qui m'épate le plus, c'est la parfaite maniabilité de l'objet, sa solidité à toute épreuve et sa formidable contenance. C'est incroyable ce qu'on peut mettre dans un caddie ! Mais ce qui me froisse le cœur, c'est que je ne connais pas le père du caddie. Cet homme, ce poète, qui un soir sans doute, peut-être tiraillé par la faim et la soif, dans une chambre solitaire et mal chauffée a crayonné, au départ distraitement, et puis de plus en plus fiévreusement, le premier prototype de caddie, ce bienfaiteur de l'humanité, je ne sais même pas son nom. Qui le sait d'ailleurs ? Qui le saura jamais ?

Il y a deux mois, j'ai écrit au président de la République afin de lui enjoindre de retrouver les cendres de cet homme et de les transférer au Panthéon, car sa place est bien là, aux côtés de Rousseau, de Voltaire, de Zola, de Jean Moulin, et…

Eh bien, figurez-vous que je n'ai jamais reçu de réponse ! L'Élysée n'a pas répondu. L'Élysée ne daigne pas répondre. L'Élysée ne sait peut-être pas écrire ! L'Élysée ne sait peut-être pas coller un timbre sur une enveloppe ! L'Élysée se contrefout sans doute du citoyen !

Il s'avance menaçant vers le bord de la scène, tout en tirant avec lui son paquet. Il s'arrête, regarde le public bien en face, le visage dur.

Nous sommes vraiment un très petit pays, dirigé par un très petit homme. Nous méritons d'être ce que nous sommes devenus. C'est-à-dire rien. Rien du tout. Un peuple fatigué et arrogant. Oublieux. Sans reconnaissance. Notre monde s'est effondré. Notre culture est calcinée. Nous fûmes grands jadis, et de cette grandeur dont les échos ébranlaient les peuples lointains et les terres envieuses, il ne reste rien. Nous sommes passés, en l'espace de cinquante ans à peine, du mètre quatre-vingt-treize du Général de Gaulle aux ridicules 1 670 millimètres de l'actuel résident du Faubourg Saint-Honoré.

J'exige une minute de silence.

Il prend une pause très digne et se tait. Il rompt le silence au bout de dix secondes et reprend sur un ton badin.

Vous avez remarqué le grand mensonge des minutes de silence : elles ne durent jamais une minute. Scandaleux ! On nous trompe sur les minutes de silence, comme on nous trompe sur la facturation à la seconde des téléphones portables !

De façon très rapide, il repart vers le banc, installe son paquet contre lui, et reprend.

Savez-vous que, lorsque j'étais au supermarché, je devenais un grand sismographe, j'enregistrais tout. Chaque vibration imprimait en moi sa ligne nerveuse. Je ne perdais rien. Ma femme faisait les courses et moi, comment dire, je portais un regard sociologique sur ce que je voyais, j'observais mes contemporains, les mouvements du groupe, les habitudes, la frénésie des achats, l'érotisme ambulant, la chasse au yaourt dont on annonçait subitement que pendant six minutes son prix était divisé par trois. Je savourais ce cinéma du vivant, cette chorégraphie des promotions, le mouvement fluide du corps des hôtesses glissant sur leurs rollers…

Il prend violemment sa bouteille, en boit les deux tiers comme un fou.

Merdureau était resté comme deux ronds de flan quand j'avais essayé de lui parler de cela. Oh, il est gentil Merdureau, mais il n'a pas inventé l'eau chaude, c'est ce qu'on pourrait appeler un parfait imbécile. Mais attention, un adorable imbécile !

C'est agréable les imbéciles. Il n'y a pas de quoi en rire. Ils sont toujours heureux. Ce sont des leçons de bonheur. Ils nous apaisent. En leur compagnie, on n'est pas obligé de penser, ni de réfléchir. Ce sont de grands trous noirs dans lesquels pendant quelques heures on peut plonger et flotter avec délice. On devrait toujours avoir un imbécile avec soi. Et il devrait être remboursé par la Sécurité sociale. Je suis persuadé que si le nombre d'imbéciles au mètre carré était multiplié, ne serait-ce que par deux, les taux de suicide et de dépression diminueraient d'autant. L'imbécile donne de l'espoir. C'est sa mission sur terre. C'est d'ailleurs pour cela que dans bien des pays progressistes et démocrates, nous en élisons un à la tête de l'État.

Il se racle la gorge, époussette son paquet, rajuste son vêtement, ouvre les bras et se met face au public.

C'est pourquoi je vous propose, mes

chers concitoyens, que chaque famille de France mette tout en œuvre pour faciliter l'émergence et la reproduction de cette partie de la population à qui nous devons tant. Si vous votez pour moi dimanche prochain, je vous jure que je vous promets de faire le serment solennel de tenir la parole de mes engagements auxquels je ne me défilerai pas !

Il fait le geste de calmer la foule comme si elle était en liesse.

Je demanderai à nos plus brillants chercheurs d'abandonner immédiatement leurs tentatives d'amélioration de la race bovine et du maïs transgénique pour se consacrer uniquement à l'hybridation de l'imbécile majeur. Oui mes chers concitoyens, je vous le dis net et clair : plantons de l'imbécile dans nos terres en friche ! Cessons de cultiver le colza qui ne rapporte pas tant que cela et dont la transformation en diester est moins écologique qu'on veut bien nous le faire croire ! Convainquons Bruxelles ! Semons et moissonnons l'imbécile, et fauchons-le volontairement, ainsi que nous l'ont montré certains précurseurs aveyronnais et moustachus qui furent eux aussi, sur l'échelle de Richter de l'imbécillité, de formidables séismes !

Il a terminé sa tirade les bras ouverts, en V, comme s'il haranguait une foule. Il reste un instant comme cela, puis ses bras tombent lourdement. Il est soudain excessivement mélancolique. Il se blottit contre son paquet. Il murmure :

Le 25 novembre 1953, à Massy-Palaiseau, maternité du Bon Accueil, à trois heures trente-quatre du matin est né Bernard Benoît André Bourson, fils de Germain Louis Amédée Bourson, ouvrier soudeur, et de Gilberte Sidonie Suzette Bourson, née Flatinger, sans emploi.

L'enfant pesait 4 kilos 340 grammes. L'accouchement s'est déroulé sans difficulté majeure et la mère a été délivrée par le Docteur Plurtch après trois heures d'un travail intensif.

Il est presque couché contre le paquet.

C'était moi le bébé. On grandit vite ! C'est incroyable la vie. Ma grand-mère me le disait bien jadis. « Un matin, on ouvre les yeux, tout rose et frais, et le soir on les ferme, ridé comme une vieille pomme. » Mais on n'écoute jamais les grand-mères. On est jeune. On veut juste jouer à saute-mouton et lécher des roudoudous, toucher un peu les filles, entendre le chuchotis des rivières, attraper des libellules et des hannetons pour leur arracher les ailes et leur glisser une paille dans le cul.

Il se relève promptement.

Ne riez pas ! Cela doit être très douloureux ! Mettez-vous un peu à la place du hanneton, réfléchissez à la taille de la section de la paille par rapport au corps de ce coléoptère, et si vous transférez cela à l'aide d'une simple règle de trois pour l'appliquer à notre corps humain, il faudrait utiliser le tronc d'un peuplier de dix-huit ans. Eh oui ! Ah ça change tout vu sous cet angle ! Vous ne riez plus ! Le malheur des autres nous amuse davantage !

La cruauté des enfants est terrible. Elle est sans limites. On la croit innocente, mais je n'en suis pas certain. C'est par elle peut-être qu'il faudrait expliquer les guerres. Ce ne sont pas les adultes qui font les guerres, ce sont les enfants qui demeurent en eux.

Lorsque j'avais des croûtes aux genoux et du sable sous les paupières le soir, il faisait bon. Il faisait si bon. C'était une autre vie. Ou plutôt, ce n'était pas encore la vie. Au départ, on a un cerveau très simple, ensuite cela se complique. Pourquoi tout se complique ?

Il marche un peu, méditatif.

Un sage chinois, du VIIIe siècle avant notre ère, ne soyez pas étonnés, les Chinois déjà à cette époque étaient très sages, un sage chinois a écrit que nous… que nous… Il a écrit que… Je recherche ses termes exacts, je ne voudrais pas le trahir, le chinois est une langue complexe que j'ai étudiée jadis et que je maîtrisais parfaitement, mais je ne la pratique plus guère, hélas, l'anglais étant devenu partout dans le monde la langue commune. Fasten your seat belt. In god we trust. How do you do ? You're welcome. My tailor is rich. Nice to meet you. Just do it. Fuck you, fuck me, fuck off, fuck them. Be yourself. Yes, we can !

Il se calme, devient pensif, s'assied sur le banc.

Le monde est rempli de contrefaçons. Et certaines d'ailleurs parviennent à nous abuser longtemps. Comment percer à jour la vérité des hommes, celle qu'ils s'efforcent d'enterrer sous des poses fabriquées, d'efficaces mensonges imperméables comme des écorces ?

Trancher l'orange pour mettre à jour les pépins ?

Presser la vigne pour obtenir le vin ?

Abandonner l'avion et préférer le train ?

Il se lève promptement, comme un diable sorti de sa boîte.

Bonjour, je suis Marcel votre chef de bord. Nous sommes heureux de vous accueillir dans ce TGV 8592 à destination de Lyon Perrache. Si vous avez oublié de composter votre billet, merci de me le signaler lors mon premier passage parmi vous. Sachez que nous nous efforcerons de mettre tout en œuvre afin que ce voyage vous soit le plus agréable possible. Un bar est à votre disposition voiture quatorze entre les première et seconde classes. Vous y trouverez un large choix de boissons fraîches et chaudes, de viennoiseries, de friandises ainsi que des revues sérieuses ou légèrement érotiques pour agrémenter votre voyage. Mesdames et messieurs je vous remercie pour votre attention et vous souhaite une nouvelle fois, au nom de la SNCF et de la Compagnie des wagons-lits, un excellent voyage !

Il se rassied.

L'important, c'est de découvrir qui nous sommes vraiment.

Et qui sont les autres.

Et ce que nous sommes pour eux.

J'étais tout pour ma femme. Et elle était tout pour moi.

Est-ce que je peux dire pour autant que je la connaissais ? Quant à elle, lorsqu'elle me regardait le soir près de notre téléviseur allumé en permanence – entre parenthèses, je n'en reviens pas de cette solidité des téléviseurs, de leur remarquable résistance à la surchauffe, connaissez-vous des cas d'explosion de téléviseurs, moi pas. La télévision ne tue jamais. Personne n'a jamais eu un accident de télévision – peut-être quelques morts jadis, par implosion, des pionniers du tube cathodique, mais aujourd'hui, la télévision offre un plaisir constant exempt de tout risque mortel, et c'est si rare, souvenez-vous de la pandémie du sida !

Que pensait-elle de moi ma femme ? Imaginait-elle toute la richesse de ma vie intérieure ?

Nous sommes des gouffres et des abîmes.

Des tempêtes figées.

Nos labyrinthes intimes enferment des Minotaures qui hurlent dans le néant, sans cesse, et cognent leurs fronts rugueux contre les pierres, sans que jamais quiconque, nulle Ariane, nul Thésée ne vienne les délivrer de leur souffrance en tranchant leur gorge exténuée d'un seul coup d'épée.

Nous sommes la nuit.

Nous sommes l'épais manteau de noir tout agité de secousses.

Nous sommes des rois tombés.

Nous survivons dans les débris de nos empires.

Le saccage est notre nature.

Un silence. Il sort de l'état intense dans lequel il se trouvait en déclamant cela de façon superbe, sans ironie, comme un grand comédien au meilleur de sa forme. Il redevient lui-même. Il s'éponge.

Putain que c'était beau...
Ouh lala...

Un silence. On a l'impression qu'il va continuer dans la même veine tragique. Il reprend la même pose. Il a de nouveau le même visage habité.

Pourtant, il nous faut bien continuer. À vivre. À vivre côte à côte sinon ensemble. Et certaines astuces peuvent nous venir en aide. Tenez, par exemple, moi j'aime beaucoup la psychanalyse. C'est un sport magnifique. Je le pratique tous les samedis matin, avec Roger Freud.

Roger Freud ! Pour un psychanalyste, un nom pareil, quelle aubaine !

Il rit.

J'ai une tenue spéciale que je ne mets que lors de nos séances : un magnifique jogging rose fuchsia, avec sur le derrière des jambes du pantalon des bandes fluorescentes jaunes qui servent de réflecteurs afin que de nuit les voitures m'aperçoivent et puissent m'éviter. Je ne pense pas qu'une seule voiture n'ait jamais traversé le samedi matin de 9 heures à 9 h 45 le cabinet de Roger Freud, qui est situé au douzième étage d'une barre HLM de Garges-lès-Gonesse, mais on ne sait jamais. Il suffirait d'une seule un jour, et paf, tout serait fichu. J'enfile aussi une bonne paire de baskets ainsi que des sous-vêtements antitranspirants.

C'est un bon moment le samedi matin. Je m'allonge. Il règne dans le cabinet de Roger Freud un étrange silence, comme une sorte de matière nue et impalpable qui serait l'essence même de la pensée reptilienne, du repli, une sorte d'approfondissement métaphysique du forage, un outil thérapeutique et amnésique à la fois et tout cela baigné par une forte, mais pas si désagréable que cela, odeur de frites froides et de pieds. Je soupçonne Roger Freud de manger des frites tous les vendredis soir et de ne changer de chaussettes que le dimanche.

Il s'allonge soudain près du paquet et, tout en parlant, il commence à dénouer les ficelles.

Mon père, ouvrier zingueur, est devenu alcoolique après être tombé d'un toit. Ma mère, qui se prénommait Gervaise, venait juste d'ouvrir une blanchisserie avec ses économies lorsque le terrible accident se produisit. Le magasin promis à un avenir florissant périclita car mon père ne cessait de transformer en litres de vin l'argent de la caisse, aidé en cela par un ancien amant de ma mère qui avait, juste à propos, refait surface. Voyant le rêve de sa vie devenir une boutique grevée de dettes, ma mère, de désespoir, se mit elle aussi à la boisson et le trio s'enfonça dans la débauche la plus sordide, tandis que livré à moi-même, je vivais dans la rue, mendiant ma pitance. Après que mon père fut terrassé par une crise de delirium tremens et que ma mère mourut renversée par une voiture, je fus confié à des prêtres qui m'élevèrent religieusement en me violant à tour de rôle puis désormais ainsi armé pour la vie et muni d'un solide bagage culturel, en l'espèce un CAP métier de la banque, obtenu à mon quatrième essai, et que j'ai complété par la suite d'un MBA à Harvard, et après avoir travaillé comme mineur pendant deux ans dans le nord de la France où, principal leader syndicaliste, j'ai conduit une grève historique, je fis mes débuts à vingt et un ans dans la haute finance internationale comme stagiaire non rémunéré à la succursale du Crédit agricole d'Issy-les-Moulineaux où j'étais chargé de préparer les cafés et de vider les poubelles.

Il arrête de dénouer les ficelles. Devient contemplatif.

Nous passons des heures délicieuses avec Roger Freud. Notre effort est intense. Lui se concentre sur son silence, et moi sur mes mots. Je lui dis tout. Lui et moi, nous ne reculons devant rien. Nous sommes des aventuriers de l'âme, des baroudeurs de la psyché, nous n'en finissons pas d'explorer. Je sors de son stade neuf comme une pièce de cinquante centimes d'euro à peine démoulée des presses de la Banque de France. Neuf et luisant, bon à mettre dans une poche, ou dans un porte-monnaie. Nouveau départ.

Très vite, il renoue toutes les ficelles qu'il avait dénouées. Le paquet est de nouveau solidement attaché.

L'argent, c'est une chaîne trop lourde à porter. Lorsque l'effondrement s'est annoncé, j'ai vendu tous mes actifs, mes actions, mes obligations, mes stock-options, mes sicav, mes assurances vie, mes assurances maladie, mes assurances mort, tout. J'ai tout donné. Tout. Je ne suis pas un salaud. Je n'ai pas voulu du parachute. Du parachute doré. Vous connaissez ? Contrairement à beaucoup d'autres, je l'ai refusé. Je n'en voulais pas. Des dizaines de milliers d'employés me le tissaient depuis des années, à coups d'aiguille et de sueur, et tout cela pour un salaire de misère, mais je l'ai refusé, au dernier moment. Quand je saute, je saute ! Besoin de rien. Rien du tout.

On dirait un très beau titre de poème, *Le Parachute doré*. L'expression est sublime. En y réfléchissant, avec un titre pareil, *Le Parachute doré,* ce serait plutôt une pièce de théâtre qu'un poème... Évidemment russe, cette pièce, il n'est de théâtre que russe ! Une pièce intriguante. Qui se déroulerait à la campagne, juste avant l'effondrement du communisme. Une sorte de suite à *La Mouette*, de, comment s'appelait-il déjà, Kalachnikov, oui c'est cela, j'ai retenu son nom car il y avait un fusil dans cette pièce, et d'ailleurs à la fin, il sert ce fusil, l'un des personnages, tous des fous, et les femmes le sont plus encore, se fait sauter le caisson tandis que les autres jouent à je ne sais plus trop quoi, Monopoly ou Trivial Pursuit.

Il y avait des cris, des larmes, des gens qui s'aimaient et se déchiraient, puis se jetaient ensuite dans les bras l'un de l'autre, trinquaient, se fâchaient de nouveau, un fils qui adorait sa mère qui le détestait tout en l'aimant, une jeune fille qui l'aimait mais qui se précipitait dans les bras d'un autre qui n'était autre que l'amant de la mère, enfin, j'arrête, parce que je sens que cela va encore me donner la migraine, comme après la représentation, quand ma femme et moi étions sortis, hébétés, du théâtre, et qu'il nous avait fallu trois Alka-Seltzer et deux demis pression chacun pour faire passer cela. Nous n'avions même pas eu la force de nous embrasser avant d'éteindre la lumière ce soir-là.

Il change d'humeur.

J'ai cessé d'avoir une sexualité. Cela m'encombrait plus qu'autre chose. Je me suis rendu compte que je suivais une mode, pas un désir. Ma femme ne s'en est pas plainte. Elle s'est procuré, pour survivre, quantité d'orgasmes sur Internet, avec des inconnus dont elle ne voyait jamais les vrais visages et qui la prenaient violemment, à distance, dans toutes les positions virtuelles, pour son plus grand bonheur et le mien, au milieu de l'intimité moite de la nuit informatique, aidée en cela par quantité de serveurs qui lançaient sur l'écran les curriculum vitæ d'étalons bulgares, antillais, normands ou croates, répondant à des pseudonymes flatteurs, des prénoms américains, télévisuels, propres à faire rêver toutes les Emma Bovary contemporaines.

Je fus un jeune homme fougueux, un mari passionné. Je suis devenu un mâle castré, préférant une bonne retransmission de football, même de ligue 1, c'est dire, accompagnée d'un paquet de chips king size, aux frottements électriques des peaux et à la gymnastique d'hippopotames. Il y a un temps pour tout. Et puis Merdureau était tellement gentil avec elle.

Il termine sa bouteille, une très longue rasade.

Uriner aussi me donne un plaisir infini, renouvelable toutes les deux heures.

J'ai un grand combat à mener. Je n'ai pas de temps à consacrer à la bagatelle et n'ai aucune envie de me reproduire.

Il semble attendre l'approbation du public. Il paraît se souvenir soudain de la présence de son paquet et il en vérifie toutes les attaches, le change de position, le rapproche de lui, comme s'il essayait de le traiter en compagnon, en ami qui se serait assis sur le banc, à ses côtés. Il glisse son bras autour de lui, et reprend.

Nous mourons de posséder. Nous possédons trop. Trop d'argent. Trop de choses. Nous étouffons. Moi, je ne voulais plus étouffer. J'ai tout donné. Je me suis défait. J'ai lancé par poignées entières, euros, dollars, yens, francs suisses, livres sterling, roubles et ducats. J'ai fait don de mon incommensurable fortune. J'ai jeté ma tunique de prince et arraché ma couronne. J'ai même refusé le ticket de métro que me tendait monsieur Fouinchon, notre chef du personnel. Je suis parti, à pied, sans un regard pour mon passé. J'étais pur. Heureux. Derrière moi s'estompait la silhouette de notre petite agence bancaire, une parmi les centaines qui m'appartenaient, et dans laquelle j'avais durant vingt-huit ans passé de si bons moments. Je ne me suis pas retourné. Je ne suis pas un être nostalgique. Je suis un fonceur. Je suis un winner. Je suis un battant. Je ne regarde que devant moi.

Il regarde sur le côté, vers le paquet.

Je n'ai conservé que cela. Il y a toute ma vie dans ce paquet. Tout ce que j'avais de plus précieux. Le reste n'avait pas d'importance.

Savez-vous que j'ai offert il y a six mois ma dernière voiture à l'employé de chez Speedy qui n'en revenait pas. « Va donc, va donc chez Speedy ! » dit le refrain. Eh bien, moi j'y suis allé. J'y suis allé, et j'ai tout laissé !

J'ai également fait don de mon pavillon, devenu trop grand pour moi depuis la mort de ma femme, à un groupe de jeunes gens de mon quartier, percés de clous, les cheveux coupés très courts ou teints en rouge accompagnés d'adorables chiens.

Il était d'humeur badine mais il s'assombrit et commence à tourner en rond sur la scène, de plus en plus vite, et son visage reflète progressivement un effroi grandissant, il finit par s'arrêter, face au public, essoufflé, apeuré, les traits tordus. Il parle alors d'une voix sourde, presque imperceptible.

« Chaque homme mérite ce qu'il a : le riche, sa fortune. Le pauvre, son… »

Il tape plusieurs fois avec son poing gauche sur la paume de sa main droite, très violemment, comme s'il se punissait de ne pas pouvoir la réciter en entier.

La phrase s'arrêtait là. Je n'ai pas la suite. Je l'ai lue sur la vitre d'une rame de métro, ligne 4, Clignancourt-Porte d'Orléans, un matin d'hiver dernier où je m'apprêtais à partir pour Los Angeles régler un différend entre deux de mes associés qui…

Il s'arrête et regarde, craintif, le public.

Pourquoi vous me regardez comme cela ? Vous ne croyez pas ce que je dis ? C'est Los Angeles qui vous fait tiquer ? Si ce n'est que cela, je peux changer, je peux dire New York, ou Tokyo si vous préférez, ce n'est pas cela qui est important. De toute façon, je vais vous dire, ce qui m'importe, c'est la phrase dans le métro. Là où j'allais, ce n'est pas un problème. J'allais donc à Châtelet ce jour-là pour régler un… enfin, j'allais à Châtelet car il faut bien aller quelque part dans la vie, je somnolais sur une banquette après avoir lu un journal gratuit qui ne l'était pas tant que cela puisqu'il m'avait fait perdre huit minutes à le lire alors qu'il ne contenait rien, mais absolument rien du tout, quand un homme entra dans la rame lors de l'arrêt à la station Gare du Nord et nous tint, à moi-même et aux autres passagers, à peu près ce discours :

« La fin justifie les moyens.
Moi, je n'ai pas les moyens de ma faim.
Quand cela va-t-il finir ? »

Spinoza pouvait aller se rhabiller ! Vous ne trouvez pas ? Et avec lui Descartes, Hegel, Schopenhauer, Heidegger et Paul-Loup Sulitzer ! Ce qui est curieux, c'est que contrairement à tous ces êtres, ces parasites de la société qui encombrent nos rues et nos transports en commun, vêtus de haillons malodorants, de vieux vêtements troués, qui boivent en public à même le goulot de leur bouteille un peu comme… (*Il tire sur son pull et lisse son pantalon.*) et qui l'hiver font la queue devant les distributions de soupe gratuite, dorment à même le sol sur les bouches de chaleur qui sortent du ventre de la ville alors que, j'en suis certain, ils ont les poches pleines de billets, celui-ci n'a pas tendu la main, et n'a rien demandé à personne. Il a traversé la rame, lentement, transparent, et il est sorti, sans plus ajouter autre chose, à l'arrêt suivant, Gare de l'Est. Et c'est en l'accompagnant du regard, tandis qu'il s'éloignait d'une allure lente et désespérée sur le quai, que j'ai remarqué, finement gravée sur la vitre tout à côté de moi, la phrase que je vous disais :

« Chaque homme mérite ce qu'il a : le riche, sa fortune. Le pauvre, son… »

De nouveau, il serre rageusement le

poing, énervé, et s'apprête à frapper sa paume droite, se retient, mais gronde.

C'était écrit vraiment de façon minuscule, et il fallait tout à fait se concentrer pour bien déchiffrer chaque lettre, ce qui explique que je lisais très lentement, et découvrais peu à peu le sens de la phrase. Et j'en étais au mot « son » lorsque je m'aperçus que nous étions arrêtés à Châtelet et que le signal sonore avertissant de la fermeture des portes retentissait. J'eus à peine le temps de me précipiter pour sortir de la rame et rejoindre l'importante réunion où j'avais à décider de choses essentielles pour l'extension de nos filiales asiatiques ainsi que du choix de la tapisserie pour le W.-C. du haut que ma femme voulait rafraîchir, ignorant que, trois semaines plus tôt, j'avais renoncé à mon empire bancaire.

Un temps.

« Chaque homme mérite ce qu'il a : le riche, sa fortune. Le pauvre, son... »

Il serre les poings comme s'il faisait un effort extrême de remémoration, et soudain, contre toute attente, éclate en sanglots. Cela dure. Il finit par se calmer un peu, et toujours en larmes recommence son monologue mais cette fois d'une façon sublime de naturel, d'émotion et de sincérité. Il en devient bouleversant.

Voilà un an que je cherche. Sans succès. Un an. J'ai frappé à toutes les portes. J'ai demandé partout. J'étais prêt à tout faire. J'aurais tout fait. Tout donné. J'ai tout donné. Tout. J'ai consacré ma vie à cela. J'ai perdu mon emploi. J'ai tout perdu. Je vous jure que j'ai fait tous les efforts. Je n'ai rien négligé. J'ai passé des heures et des heures à marcher durant des jours par tous les temps. J'ai écrit des milliers de lettres. J'ai reçu des milliers de réponses, négatives, des formules types, déshumanisées, qui commençaient toutes par la même phrase : « Merci pour l'intérêt que vous nous portez, mais nous avons le regret de vous annoncer que nous ne pouvons vous aider. » J'aurais tout accepté, j'aurais tout fait, tout, mais personne ne m'a aidé à compléter la phrase.

J'ai pris des milliers de fois la ligne 4. Je n'ai jamais retrouvé la rame. J'ai inspecté des milliers de vitres. J'ai lu des milliers de phrases qui y étaient gravées, et que j'ai recopiées sur des feuilles et des carnets (*Il sort de ses poches des dizaines de feuilles, de carnets, de calepins, et les jette à droite et à gauche.*) mais jamais je n'ai retrouvé la mienne.

J'ai écrit au président de la République et à celui de la RATP. Aucun des deux ne m'a répondu. J'ai placardé des centaines de petits papiers dans le métro qui disaient : « Homme, la cinquantaine, sobre, non-fumeur, cherche phrase aperçue le 24 janvier 2009, vers quatorze heures quinze, sur la vitre d'une rame, métro ligne 4, tête de train, entre Gare de l'Est et Châtelet. Prière d'écrire ou de téléphoner. Bonne récompense. » J'ai laissé mes numéros de téléphone ainsi que mes adresses postale et électronique. Je n'ai jamais rien reçu. Personne ne m'a appelé hormis quelques fous, une voyante qui m'a mené en bateau durant trois mois me disant avoir aperçu en vision ma phrase quelque part sur la vitre d'un TER périgourdin, puis d'un tortillard suisse, et un obsédé sexuel qui voulait me proposer d'autres phrases, il me disait qu'il en avait plein dans la tête et voulait m'en envoyer des échantillons. Je me suis enchaîné aux grilles de la station Châtelet dans un symbolique geste de désespoir. Les gardes républicains m'en ont délogé à grands coups de pince-monseigneur.

J'ai passé deux nuits au dépôt en compagnie de prostituées albanaises, et d'un clochard polonais aux trois quarts soûl qui m'a tenu des discours-fleuves dans sa langue que je ne comprends pas. Je ne parle aucune langue étrangère, et je suis déjà bien perdu dans la mienne.

Je ne sais pas. JE NE SAIS PAS. Je deviens fou de ne pas savoir ce que mérite le pauvre. Est-ce que quelqu'un sait ici la fin de ma phrase. Quelqu'un a-t-il déjà lu ou entendu cette phrase ? Répondez-moi ? Quelqu'un peut-il me dire qui je suis ? Qui nous sommes ? Oui, quelqu'un peut-il décider de notre sort ? La fin du monde, c'est à gauche ou à droite ?

Il est secoué de gros sanglots, mais les larmes ne coulent plus. Un temps.

Je sens bien que vous allez partir, et me laisser seul. Restez encore un peu s'il vous plaît.

Je crois que je me suis trompé.

Et que je vous ai trompés un peu aussi.

Plus personne ne viendra ce soir.

Personne ne viendra comme jadis m'entourer et me fêter. Mes amis m'ont quitté. Je me suis engueulé avec Merdureau, lorsque ma femme s'est définitivement installée chez lui, après que la sienne eut choisi de tout plaquer, mari et enfants, pour céder aux avances de sa cirrhose du foie à laquelle elle avait pourtant résisté pendant quatre ans.

Il semble totalement perdu.

Je n'ai plus rien.

Je n'ai plus que mes mots, et encore, souvent je n'ai pas les bons. Je prends ceux qui traînent. Ce ne sont pas les miens. Ce sont ceux des autres. Ceux que je trouve à droite à gauche, dans les cafés, sur les tables, sur les murs, les publicités qui jonchent les trottoirs, ceux que j'entends à la radio, dans les transports en commun, dans les rues, les journaux, les télévisions. Des lambeaux. L'écume sale du monde. J'emprunte. Je n'ai pas de parole. Rien ne m'appartient. J'ai tout perdu. On m'a foutu dehors, je veux dire en dehors du monde. Je suis un drôle de satellite. Je rêve encore de la terre, mais je m'éloigne sans cesse. Rien n'a été pensé par moi, créé par moi. Je suis tellement perméable. Je ne suis qu'un pauvre type sans intérêt, cousu avec la peau de tous les autres.

C'est dur de n'avoir que sa vie quand elle est vide de tout, mais coupante comme un éclat de verre.

Il grelotte.

Il fait si froid soudain. Si froid. C'est la nuit ?

Vous croyez que c'est déjà la nuit ?

Ne m'en voulez pas. Ce n'est pas ma faute si nous en sommes arrivés là. Si vous n'êtes pas content, composez notre numéro gratuit, patientez, nous allons donner suite à votre appel, une opératrice va vous répondre, et pendant ce temps nous nous efforcerons d'écourter agréablement votre attente. Pourquoi écourter l'attente ? Alors que la vie est déjà si courte. J'aurais tellement aimé attendre le plus longtemps possible ma mort et celle de ceux que j'ai aimés.

Je voulais juste être un peu moins seul. Je voulais que vous vous intéressiez à moi. Personne ne s'est jamais intéressé à moi. Personne. Jamais. Jamais. Et c'est encore pire aujourd'hui.

Personne ne me voit.

Les hommes passent à mon côté, dans les rues des villes.

Ils ne me voient pas. Vous ne me voyez pas. Je suis comme une chose. Un arbre. Un abribus. Un banc. Un pavé. Un poteau de sens interdit.

Je suis votre nouveau mobilier urbain.

Il se précipite sur son paquet, et dans un geste de désespoir, il parvient à faire ce qu'il n'avait pas réussi plus tôt. Il l'arrache du sol, le dresse debout et le serre dans ses bras. Fort. Très fort. Comme une créature humaine dont sa vie dépendrait. Il crie, dramatiquement.

Je ne suis pas un lâche et je n'ai tué personne, mais si j'avais tué quelqu'un, ma femme, Merdureau, un inconnu croisé par hasard, un directeur de banque, un grand patron, un ministre, le Président, en serais-je là où je suis ? ! Aussi bas ? !

Je ne peux pas me battre. Je n'ai pas d'épée. Je ne suis pas un prince. Je ne suis rien de tout cela.

Moi, j'ai seulement pris tout ce qui traînait, nos bassesses, nos veuleries, nos promesses reniées, toute la laideur du monde et celle de nos actes, et j'en ai fait un gros paquet. Toutes ces ordures, il faut bien que quelqu'un se dévoue pour les ramasser et les déverser quelque part ! Mais répondez-moi nom de Dieu ! Répondez-moi ! Ce sont aussi les vôtres d'ordures, à vous tous ! Ce sont les nôtres bordel !! LES NÔTRES !!!

Une pause. Il frissonne. Il se serre plus fort contre son paquet.

« Chaque homme mérite ce qu'il a : le riche, sa fortune. Le pauvre, son... »

Il se frappe le front, comme un fou, plusieurs fois.

Je vous ai menti.

Je n'ai jamais eu de femme. Ou plutôt, elle m'a quitté depuis tant d'années, tant d'années, que je ne me souviens plus de son visage.

Je n'ai jamais eu un seul ami.

Je n'ai jamais eu un seul voisin. Un voisin, c'est proche. Personne ne s'approchait de moi. Je devais faire peur. Non ? Vous ne croyez pas ? Et puis qui donc accepterait de s'appeler Merdureau ?

Un temps.

Tout est beaucoup plus simple que je ne vous l'ai dit. J'ai joué à l'idiot. J'ai fait le beau, le malin, le clown. J'ai joué la comédie. Je voulais vous réveiller. Je voulais vous plaire. Pour que vous m'aidiez à tirer mon paquet. Je voulais être moins seul. Je ne sais plus qui je suis vraiment. Je suis un peu tout le monde.

On sent qu'il n'en peut plus, qu'il est à bout de fatigue.

Ô mon Dieu, qu'il fait froid, mais qu'il fait froid soudain. Et si noir.

J'aurais pu vous bercer d'histoires jusqu'au bout, mais il faut bien qu'il y en ait un parmi nous qui gâche la fête, non ?

Que c'est lourd…

Il hurle comme on ne l'a jamais entendu hurler.

LOURD !!!!! LOURD !!!!

Il sanglote. Son corps est secoué de grands tremblements. Il s'agrippe à son paquet.

Je n'ai plus que ça. Et mon âge aussi. Chaque année pèse des milliers de tonnes. Je vais mourir écrasé. Écrasé sous mon âge et sous mon paquet. Vous ne voulez vraiment pas le prendre, me soulager un peu, ne serait-ce que quelques heures ? Vous allez partir. Me laisser. C'est pire qu'une croix, vous savez. Mais c'est aussi le vôtre pourtant ! C'est aussi le vôtre ! LE VÔTRE !!!

Il le serre encore plus dans ses bras.

Bien sûr que vous allez partir…

Comme à chaque fois.

Évidemment.

Vous allez me laisser seul sur la scène.

La scène du crime.

Il faut qu'il y en ait un qui se sacrifie, n'est-ce pas ? C'est bien ce que vous pensez ?

Mais pourquoi toujours moi ?

Sa voix s'atténue pour n'être plus, vers la fin, qu'un murmure.

Un temps.

« Chaque homme mérite ce qu'il a : le riche, sa fortune… Le pauvre… »

Il est épuisé. Il s'accroche au paquet qu'il a du mal à maintenir debout contre lui. L'obscurité vient progressivement sur la scène.

Allez. Partez.
Allez-y.
J'ai l'habitude.
Partez.
D'ailleurs, je ne vous vois même plus.
Je crois que je ne vous ai jamais vus.
J'ai parlé à du noir.
Vous n'êtes pas là.
Il m'avait semblé entendre des rires tout à l'heure, mais il n'y a plus que le silence désormais.
Le grand silence.
Les espaces infinis.

Il mime avec sa bouche le bruit du vent.

Vous n'avez jamais été là.
Je suis ridicule.
Je suis seul.
Seul.

Il reste encore un long moment, serrant son paquet contre lui, puis il le laisse choir à terre. Bruit sourd qui fait mesurer la lourdeur du paquet. Il grelotte, prend les deux pans de sa veste, s'entortille dedans. Il fixe toujours la salle, puis il baisse la tête. Ses épaules s'affaissent. Tout son corps s'affaisse. Il se penche, se met à quatre pattes, ramasse avec une grande lassitude tous les carnets et les papiers, les fourre dans ses poches, puis regarde encore la salle. Il se redresse, saisit le paquet par un bout, se relève difficilement, puis commence à le traîner lourdement, avec bien du mal.

Il quitte la scène par le fond tandis que l'obscurité devient encore plus dense et le dérobe tout à fait à la vue.

FIN

Philippe Claudel
dans Le Livre de Poche

Les Âmes grises n° 30515

« Elle ressemblait ainsi à une très jeune princesse de conte, aux lèvres bleuies et aux paupières blanches. Ses cheveux se mêlaient aux herbes roussies par les matins de gel et ses petites mains s'étaient fermées sur du vide. Il faisait si froid ce jour-là que les moustaches de tous se couvraient de neige à mesure qu'ils soufflaient l'air comme des taureaux… »

Le Bruit des trousseaux n° 3104

« Le regard des gens qui apprenaient que j'allais en prison. Surprise, étonnement, compassion. "Vous êtes bien courageux d'aller là-bas !" Il n'y avait rien à répondre à cela… »

Le Café de l'Excelsior n° 30748

« Viens donc Jules, disait au bout d'un moment un buveur raisonnable, ne réveille pas les morts, ils ont bien trop de choses à faire, sers-nous donc une tournée… Et Grand-père quittait son piédestal, un peu tremblant, emporté sans doute par le souvenir de cette femme qu'il avait si peu connue et dont la photographie jaunissait au-dessus d'un globe de verre… »

Il y a longtemps que je t'aime n° 31784

Il me semble souvent que j'écris des romans comme le ferait un cinéaste, et j'ai eu le sentiment très net de réaliser mon film, *Il y a longtemps que je t'aime*, comme un écrivain compose un roman. Une fois le tournage passé, une fois le film achevé, je n'en avais pas fini avec l'aventure. Le désir de la réexplorer avec le recul, et avec les mots – ceux de l'écrivain ? ceux du cinéaste ? –, s'est alors imposé. P. C.

Le Monde sans les enfants
et autres histoires n° 31073

Vingt histoires, à dévorer, à murmurer, à partager. Vingt manières de rire et de s'émouvoir. Vingt prétextes pour penser à ce que l'on oublie et pour voir ce que l'on cache. Vingt chemins pour aller du plus léger au plus sérieux, du plus grave au plus doux…

La Petite Fille
de Monsieur Linh n° 30831

Un vieil homme debout à l'arrière d'un bateau serre dans ses bras une valise légère et un nouveau-né. Le vieil homme se nomme Monsieur Linh. Il est seul désormais à savoir qu'il s'appelle ainsi. Il voit s'éloigner son pays, celui de ses ancêtres et de ses morts, tandis que dans ses bras l'enfant dort.

Le Rapport de Brodeck n° 31315

Au lendemain de la Seconde Guerre mondiale, dans un village isolé par les montagnes, Brodeck établit de brèves notices sur l'état de la flore. Le maréchal-ferrant lui demande de consigner des événements qui ont abouti à un dénouement tragique. Miraculé des camps de concentration, Brodeck n'a jamais essayé de lever le voile sur l'éventuelle culpabilité des villageois dans les horreurs qui ont touché son entourage.

Trois petites histoires de jouets n° 31981

C'était un petit Pierrot bancal, mal peint, au sourire de mystère et de mélancolie, un pantin à trois sous que l'on vendait dans les rues jadis. Il sentit s'ouvrir dans sa chair une immense déchirure, comme si d'un coup et sous l'effet du regard de ce Pierrot de bois, tout son être se fendait en deux, jusqu'à l'âme.

Du même auteur :

MEUSE L'OUBLI, roman, Balland, 1999 ; nouvelle édition Stock, 2006

QUELQUES-UNS DES CENT REGRETS, roman, Balland, 2000 ; nouvelle édition Stock, 2007

J'ABANDONNE, roman, Balland, 2000 ; nouvelle édition Stock, 2006

LE BRUIT DES TROUSSEAUX, récit, Stock, 2002

NOS SI PROCHES ORIENTS, récit, National Geographic, 2002

CARNETS CUBAINS, chronique, librairies initiales, 2002 (hors commerce)

LES PETITES MÉCANIQUES, nouvelles, Mercure de France, 2003

LES ÂMES GRISES, roman, Stock, 2003

TROIS PETITES HISTOIRES DE JOUETS, nouvelles, éditions Virgile, 2004
LA PETITE FILLE DE MONSIEUR LINH, roman, Stock, 2005
LE RAPPORT DE BRODECK, roman, Stock, 2007
PARLE-MOI D'AMOUR, pièce en un acte, Stock, 2008
LE PAQUET, pièce en un acte, Stock, 2010
L'ENQUÊTE, roman, 2010

Ouvrages illustrés

LE CAFÉ DE L'EXCELSIOR, roman, avec des photographies de Jean-Michel Marchetti, La Dragonne, 1999
BARRIO FLORES, chronique, avec des photographies de Jean-Michel Marchetti, La Dragonne, 2000
AU REVOIR MONSIEUR FRIANT, roman, éditions Phileas Fogg, 2001 ; éditions Nicolas Chaudun, 2006
POUR RICHARD BATO, récit, collection « Visible-Invisible », Æncrages & Co, 2001
LA MORT DANS LE PAYSAGE, nouvelle,

avec une composition originale de Nicolas Matula, Æncrages & Co, 2002

MIRHAELA, nouvelle, avec des photographies de Richard Bato, Æncrages & Co, 2002

TROIS NUITS AU PALAIS FARNESE, récit, éditions Nicolas Chaudun, 2005

FICTIONS INTIMES, nouvelles, sur des photographies de Laure Vasconi, Filigrane Éditions, 2006

OMBELLIFÈRES, nouvelle, Circa 1924, 2006

LE MONDE SANS LES ENFANTS ET AUTRES HISTOIRES, illustrations du peintre Pierre Koppe, Stock, 2006

QUARTIER, chronique, avec des photographies de Richard Bato, La Dragonne, 2007

PETITE FABRIQUE DES RÊVES ET DES RÉALITÉS, avec des photographies de Karine Arlot, Stock, 2008

CHRONIQUE MONÉGASQUE, récit, collection « Folio Senso », Gallimard, 2008

TOMBER DE RIDEAU, poème, sur des illustrations de Gabriel Belgeonne, Jean Delvaud et Johannes Strugalla, Æncrages & Co, 2009

Composition réalisée par NORD COMPO

Achevé d'imprimer en juillet 2011en Espagne par
BLACK PRINT CPI IBERICA, S.L.
Sant Andreu de la Barca (Barcelona)
Dépôt légal 1re publication : août 2011
LIBRAIRIE GÉNÉRALE FRANÇAISE
31, rue de Fleurus – 75278 Paris Cedex 06

3/1/2015 L

31/5746/8